U0604492

"三言二拍"与拟话本

◎ 主编 金开诚

◎ 编著 刘永鑫

吉林出版集团有限责任公司

吉林文史出版社

图书在版编目（CIP）数据

"三言二拍"与拟话本 / 刘永鑫编著 . —长春：
吉林出版集团有限责任公司：吉林文史出版社，2010.11（2022.1重印）
ISBN 978-7-5463-3963-4

Ⅰ . ①三… Ⅱ . ①刘… Ⅲ . ①话本小说－文学欣赏－
中国－明代－通俗读物 Ⅳ . ① I207.419-49

中国版本图书馆 CIP 数据核字（2010）第 205549 号

"三言二拍"与拟话本

SANYAN ERPAI YU NIHUABEN

主编/ 金开诚　编著/刘永鑫

项目负责/崔博华　责任编辑/崔博华　邱 荷

责任校对/邱 荷　装帧设计/柳甬泽　张红霞

出版发行/吉林文史出版社　吉林出版集团有限责任公司

地址/长春市人民大街4646号　邮编/130021

电话/0431-86037503　传真/0431-86037589

印刷 / 三河市金兆印刷装订有限公司

版次/2010 年 11 月第 1 版　2022 年 1 月第 5 次印刷

开本/650mm×960mm　1/16

印张/9　字数/30千

书号/ ISBN 978-7-5463-3963-4

定价/34.80元

编委会

主　任：胡宪武

副主任：马　竞　周殿富　董维仁

编　委（按姓氏笔画排列）：

于春海　王汝梅　吕庆业　刘　野　孙鹤娟

李立厚　邴　正　张文东　张晶昱　陈少志

范中华　郑　毅　徐　潜　曹　恒　曹保明

崔　为　崔博华　程舒伟

前　言

　　文化是一种社会现象，是人类物质文明和精神文明有机融合的产物；同时又是一种历史现象，是社会的历史沉积。当今世界，随着经济全球化进程的加快，人们也越来越重视本民族的文化。我们只有加强对本民族文化的继承和创新，才能更好地弘扬民族精神，增强民族凝聚力。历史经验告诉我们，任何一个民族要想屹立于世界民族之林，必须具有自尊、自信、自强的民族意识。文化是维系一个民族生存和发展的强大动力。一个民族的存在依赖文化，文化的解体就是一个民族的消亡。

　　随着我国综合国力的日益强大，广大民众对重塑民族自尊心和自豪感的愿望日益迫切。作为民族大家庭中的一员，将源远流长、博大精深的中国文化继承并传播给广大群众，特别是青年一代，是我们出版人义不容辞的责任。

　　本套丛书是由吉林文史出版社和吉林出版集团有限责任公司组织国内知名专家学者编写的一套旨在传播中华五千年优秀传统文化，提高全民文化修养的大型知识读本。该书在深入挖掘和整理中华优秀传统文化成果的同时，结合社会发展，注入了时代精神。书中优美生动的文字、简明通俗的语言、图文并茂的形式，把中国文化中的物态文化、制度文化、行为文化、精神文化等知识要点全面展示给读者。点点滴滴的文化知识仿佛颗颗繁星，组成了灿烂辉煌的中国文化的天穹。

　　希望本书能为弘扬中华五千年优秀传统文化、增强各民族团结、构建社会主义和谐社会尽一份绵薄之力，也坚信我们的中华民族一定能够早日实现伟大复兴！

目录

一、"三言二拍"简介

（一）"三言"

"三言"是指明代冯梦龙所编纂的《喻世明言》《警世通言》和《醒世恒言》，每集收录故事40篇，共120篇，分别刊于明天启元年（1621年）前后、天启四年（1624年）、天启七年（1627年）。"三言"所收录的新旧作品，都经过冯梦龙不同程度地改写。这些作品，题材广泛、内容复杂。有对封建官僚丑行的谴责和对正直官吏德行的赞扬，也有对友谊、爱情的歌颂和对背信弃义、负心行为的斥责。尤其值得一提的是，其中不少作品描写了市井百姓的生活，如《蒋兴哥重会珍珠衫》《杜十娘怒沉百宝箱》《卖油郎独占花魁》等。在这些作品里，强调人的感情和人生价值应该得到尊重，所宣扬的道德标准、婚姻原则与封建礼教、传统观念大相径庭，是充满生命活力的市民思想意识的体现。

"三言"的出现，推动了我国短篇小说的发展和繁荣，标志着中国短篇白话小说的民族风格和特点已经形成。但是，有些章节秽语过多，降低了三言的艺术品位。

（二）"二拍"

"二拍"是中国拟话本小说集《初刻拍案惊奇》和《二刻拍案惊奇》的合称，作者凌濛初。"二拍"每集收录故事 40 篇，

共 80 篇，其中 1 篇重复、1 篇杂剧，所
以实有拟话本 78 篇。"二拍"与"三言"
不同，所收录的故事基本上都是作者的
个人创作，所以从某种程度上说，它已
经是一部个人的白话小说创作专集。

　　"二拍"的作品，有些反映了当时
市民的生活和他们的思想意识。如《转
运汉巧遇洞庭红》写商人泛海经商之事，
可以看出明末商人们追求钱财的强烈欲
望。《乌将军一饭必酬》《叠居奇程客得
助》等也重视商业描写，这在以往的短
篇小说中非常罕见。有些作品提出在爱
情婚姻生活中要求男女平等的观点。如
《李将军错认舅》，描写了刘翠翠和金定
忠贞不渝的爱情。

　　"二拍"善于组织情节，多数
篇章有一定的吸引力，语言也比较
生动。但在思想内容、艺术水平
方面，仍不及"三言"。

二、"三言二拍"
的作者介绍

（一）冯梦龙

冯梦龙（1574—1646），明代戏曲家、通俗文学家。字犹龙，别署龙子犹，又号墨憨斋主人，原籍江苏长洲（今江苏吴县）人。

冯梦龙从小就非常有才气，其兄梦桂是著名画家，其弟梦熊是著名诗人，三人并称"吴下三冯"，其中又以冯梦龙成就最大，故有"吴下三冯，仲者为最"

之说。

　　尽管富有才学，但冯梦龙一生在科举上极不得意，57岁才中了一名贡生，61岁才做了七品官——福建寿宁知县。四年以后回到家乡。当时时局动荡，清兵南下时，他还以七十高龄奔走反清。清顺治三年（1646年）春，冯梦龙忧愤而死，终年73岁。

　　仕途的失意使冯梦龙把更多的精力投入到了文学创作上，因此一生著作颇丰。在小说方面，冯梦龙完成了他的代表作《喻世明言》《警世通言》《醒世恒言》，还增补了长篇小说《平妖传》，改作了《新列国志》，编辑过《古今谭概》《情史》等笔记故事；民歌方面，他搜集、整理过《挂枝儿》《山歌》等民歌集；戏曲方面，他改编《精忠旗》《酒家佣》等曲本，

编纂散曲集《太霞新奏》，并且创作了《双
雄记》和《万事足》两部剧本。总而言之，
冯梦龙是中国文学史上在通俗文学的各
个方面均作出了重大贡献的作家。

在思想上，冯梦龙也很新潮，能够
冲破传统观念，反对虚伪的礼教。在文
学创作上，他非常重视通俗文学所涵蕴
的真挚情感与巨大的教化作用，这些在
"三言"中都有较好的体现，也是对鄙
视通俗文学的论调一个有力的打击。

（二）凌濛初

"二拍"的编著者凌濛初（1580—1644），字玄房，号初成，别号即空观主人，浙江吴兴人。

凌濛初出身于书香门第，祖父、父亲都是进士出身。凌濛初自幼聪明好学，12岁入学，但屡试不中，18岁才补廪膳生，但此后便一直抑郁不得志。直到崇祯七年（1634年），凌濛初因拔副贡授上海县丞，63岁升徐州通判。次年李自成农民军起义，他参与镇压活动，后被李自成军包围，拒绝投降，忧愤呕血而死，享年65岁。

同冯梦龙经历相似，科场失利让凌濛初把更多的精力转向文学创作。凌濛初一生著作甚丰，但最主要的成就还在

小说和戏剧创作方面。小说方面，他最
大的贡献是编写了拟话本小说集《初刻
拍案惊奇》和《二刻拍案惊奇》。他还创
作过杂剧 9 种，有《虬髯翁》《颠倒姻缘》
《北红拂》等。凌濛初是中国创作拟话本
小说最多的一个作家。另外，他还是明
代著名的文学家和雕版印书家。

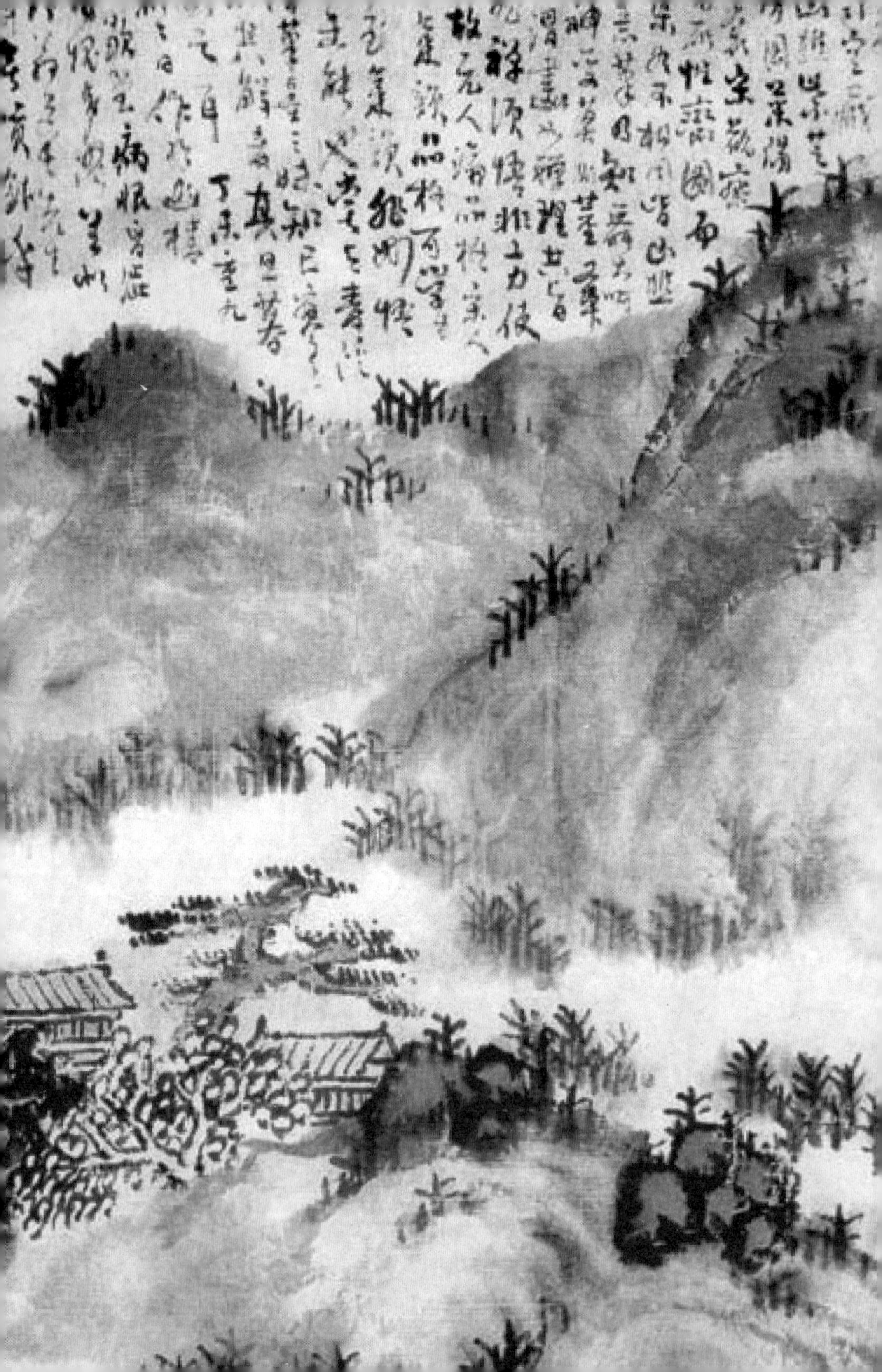

三、"三言二拍"的思想内容

（一）"三言"的思想内容

1．"三言"中，描写爱情婚姻的作品最多，表现了作者对男女爱情及情欲的肯定。

表现爱情和婚姻生活是"三言"中最具特色的题材。此类作品多反映了新兴市民阶层对旧的封建传统意识的突破，对新的婚姻爱情观念的追求。在一些作品中，作者旗帜鲜明地提倡男女双方的相互尊重和相互平等，同时对男女情爱和情欲给予大力肯定。据统计，描写男女婚恋生活的作品数量约占"三言"故事的五分之三。其中的人物形形色色，来自社会各个阶层，真实反映出了当时的社会面貌。如果对这一类的作品进行细分，具体还可以划分为以下几类：

（1）歌颂男女情爱。代表作品有《卖油郎独占花魁》《玉堂春落难逢夫》《闲云庵阮三偿冤债》等，作品主题都是歌颂青年男女排除金钱、门第、等级的观念，追求彼此知心如意、相互尊重的理想爱情。《卖油郎独占花魁》是其中最著名的一篇，写的是一个挑担卖油的小贩秦重和一个名满临安的妓女莘瑶琴的爱情故事。秦重作为一个无钱无势、无才无貌、走街串巷的卖油郎，论身价、论财富，他都绝对不能与花魁娘子相比，可他又凭什么独占了花魁呢？小说中主要强调了"情"的力量。当初卖油郎挑担经过妓院门口，被花魁娘子的身姿体态深深吸引。可是，当他风里来、雨里去，辛辛苦苦、好不容易攒足了接近花魁的银子，却又被公然冷落。对方不仅不陪客，反而独自饮酒，酩酊大醉后和衣上床，倒身而卧。此时，卖油郎却不急不躁，夜间给醉酒的花魁盖被子，端茶壶，用自己的衣袖接对方呕吐的污物，伺候体贴周到，一直守了一夜后才离开。这使花魁深受感动，但终因男方是"市井之辈"而没有下嫁的勇气。后来花魁在光天化日之下当众受辱，又是秦重为之解围。后来她终于明白那些"豪华之辈，酒色之徒""只知买笑追欢的乐意，哪有怜香惜玉的真心"，于是主动要求嫁给卖油郎。

（2）痛斥负心薄幸行为。这类作品在"三言"中也很有代表性，艺术成就

也较高，比较著名的有《王娇鸾百年长恨》《金玉奴棒打薄情郎》《杜十娘怒沉百宝箱》等篇。在这些作品中，作者直截了当地赞扬了女子坚贞执著的爱情，谴责了喜新厌旧、富贵易妻、始乱终弃的卑劣行为，揭露了门第观念、封建礼教的罪恶。

（3）把情跟欲相联系，通过肯定欲进而肯定情。这类故事在以前的文学作品中并不多，但在"三言"中却屡见不鲜，其中最著名的当数《蒋兴哥重会珍珠衫》《况太守断死孩儿》《两错认莫大姐私奔，再成交杨二郎正本》等篇。在这些作品中，男女主人公受情欲驱使而越礼的行为常受到同情，"失节"妇女常被原谅。例如，

《闲云庵阮三偿冤债》开篇伊始，就为情欲的合理性给予了大力肯定，显然这也是在抨击封建社会以男子为中心的传统观念，迫切呼唤两性关系的平等。

（4）从情入手，肯定人性，表现作者的人生态度。以爱情为题材的小说之所以能成为"三言"中最有代表性、最有特色的作品，最主要的是它反映了作者严肃的人生思考，即对人性的肯定。应该说，"三言"中的大多数作品，都带有浓厚的道教训诫色彩，这一点从"三言"的书名中也可见一斑。其实，就这一点而言，这也是我国通俗小说的惯例，即通过标榜道德训诫来提高小说在人们心目中的地位。但是，在"三言"中，却因为作品对人性的肯定，宣扬与旧传统相悖的道德观，让作品深深打上了新的时代烙印。

　　在"三言"以恋爱和婚姻为内容的
篇目中,作者对人性的肯定最为明显。
这类作品常把"情"和"欲"放在"理"
或"礼"之上,要求"礼顺人情"。这意
味着道德规则只有建立在满足人们的正
常情感需要的基础上,才有其合理性。
作品张扬婚恋自主、男女平等,也正是
因此,以婚恋为题材的作品,在"三言"

中成就最高。

如《乔太守乱点鸳鸯谱》一篇。写孙玉郎代姐到刘家行婚礼"冲喜"，夜与刘家女儿慧娘同眠，两人本各有婚约，却结下私情。刘家告玉郎诱骗其女儿，乔太守却判二人结为合法婚姻。判词中说："移干柴近烈火，无怪其燃。"意思就是说，人的情欲是无法抑制的。又说："相悦为婚，礼以义起。"意思是说，两情相悦是婚姻的前提，而"礼"应该顺合人情的实际。这位乔太守被赞为"不枉称青天"，不为父母之命、媒妁之言的古训礼法所囿，认同感情在婚姻中的基础作用，承认事实婚姻，敢于以"相悦为婚，礼以义起"作为重定鸳鸯谱的依据，而且出于负有教化作用的太守之口，除了难得，也反映了一种信息，代表了人们对尊重感情的婚姻关系的向往。

在《蒋兴哥重会珍珠衫》中，作者对"失节"的妇女表示了一定程度的宽容。其实，这是一篇描写婚外情的作品，冯梦龙把它编排为"三言"的第一篇，可见对这篇作品的重视。小说写蒋兴哥与王三巧本是一对恩爱夫妻，只因婚后蒋兴哥长期经商在外，在家独守空房的妻子王三巧耐不住寂寞，又禁不住诱骗，便与外地商人陈

大郎私通而失贞，并把夫家
祖传的珍珠衫给了奸夫
陈大郎作临别纪念。
后来陈大郎与蒋兴
哥在苏州萍水相
逢，凑巧在一桌上
喝酒，虽素不相识，
却谈得投机。酒酣耳
热，陈大郎无意间露出了
蒋家的珍珠衫，引起了兴哥的
注意，陈一高兴顺嘴说了他私通一个女
子的风流事儿。蒋兴哥听后，"如针刺肚"，
又气又恼，连夜收拾行李，次早回家后，
万分痛苦地把妻子休了。不过，因过去
夫妻感情甚好，事后蒋兴哥又有些自责，
他责怪自己"贪着蝇头微利，撇她年少
守寡，弄出这场丑来"。所以，后来妻子
改嫁给吴知县作妾的时候，蒋兴可还顾
恋旧情，特别为王三巧陪嫁了十六箱金
帛珠宝。后来陈大郎经商遭遇强盗，折

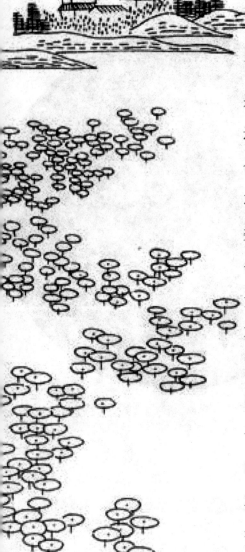

了本钱而一病身亡，陈妻平氏又改嫁蒋兴哥，珍珠衫才物归原主。这时蒋兴哥还一直挂念着前妻王三巧，一次他把人命官司打到三巧后夫吴知县那里，与三巧相遇，两人抱头痛哭。吴知县问明原委，把三巧又还给了兴哥，兴哥顾恋旧情，也不嫌三巧二度失身。在旧礼教中，妇女贪于情欲而失节是极大的罪恶，绝对不可饶恕。而小说中却让夫妻旧情战胜了贞操观念，鲜明地表现出传统的三从四德、贞操守节观念，在新的时代已失去了它的支配作用。这显然反映了一种新的道德观念，其前提是把情欲作为一种难以抗拒的正常要求。正因为如此，作者对失节的王三巧没有判刑，而只作了降级的处理（由妻变妾）。

2. 歌颂友谊，痛斥背信弃义的行为。

应该说，这类题材的作品新意不是很多，但是作者却让自己的作品体现了新的时代精神。如《施润泽滩阙遇友》

歌颂了小商之间相互信任、相互帮助的诚挚友情；《吴保安弃家赎友》中，写吴保安十年如一日，专心营救一个从未谋面的朋友，这种友情不求回报，颇有点高尚的意味；《沈小霞相会出师表》中，贾石冒着灭门的危险，救助落难的沈链，这种为了朋友甘愿牺牲自己的义气行为也让读者觉得酣畅淋漓。这些故事读下来，人物可歌可泣、情节感人至深。相反，在《桂员外穷途忏悔》中，作者严厉谴责了朋友间忘恩负义的行为，在作品结尾让桂富五全家变狗以示惩罚，虽落入因果报应的樊篱，却表现了作者伸张正义的思想。

3. 展现当时生活面貌，生动描述了明代市民生活及商业活动。

明朝末期，随着商业和手工业的发

展，重商思想逐渐成为社会主流，因此，"三言"中，商人、手工业者开始成为故事的主角。特别是商人，作为当时商品经济的活跃分子和市民代表，在"三言"中频频亮相，成为中国小说发展史上的独特风景。

在"三言"中，作者真实再现了市民生活（尤其是手工业者和商人）以及他们的思想观念，形象地展现了晚明商品经济发展的图景。而且，作品一反此前同类作品重农抑商的传统意识，对商业活动和商人的社会地位给予了充分肯定。从作品中不难看出，当时追逐获利、发财致富已成为新的社会风尚，商人的社会地位有了显著提高。传统观念中受人鄙视的商人，在"三言"中成为故事的主角，经商成为较为体面的正当行业。正因如此，小说中商人的形象也发生了显著变化，他们不再是一些贪得无厌之辈，而是善良、正直、能吃苦、讲信义的正面形象。他们虽然追本逐利，但也完全依靠自己的精明能干，得到了市民的普遍认可。商人得到了整个社会的青睐，取代了读书仕子的地位，成为了时代的宠儿，体现了当时崭新的价值取向。

《施润泽滩阙遇友》一章中，描写了小商人施复拾金不昧，好心得好报，多次逢凶化吉，终至富冠一镇，寿至八十，子孙满堂。《徐老仆义愤成家》中，虽然主旨是宣扬仆人对主人的忠诚信义，但作者认为经商之道在于掌握信息，善于

决断，从容应对，吃苦耐劳，则必能发财致富。《蒋兴哥重回珍珠衫》《杨八老越国奇遇》等作品，主人公过着一种远出谋生、居商在外，年头出、岁尾回的至今犹存的经营模式。《蒋兴哥》篇通过"常言"的"一品官，二品客"直接肯定客商在社会中的地位；《杨八老》篇则通过杨八老读书不成、改行经商，深得妻子支持，表明了对传统观念"万般皆下品，唯有读书高"以及"重农轻商"的否定。另外，《沈小官一鸟害七命》《新桥市韩五卖春情》等作品，也描写了城市机户和锦丝铺的情况，令人感觉到一种商业气息扑面而来。

4. 对黑暗的政治统治和地主恶霸的批判。

"三言"中，还有一部分作品对统治阶级的罪恶行径进行了抨击。在这类作品中，作者大胆地揭露统治阶级倒行逆施的罪恶本质与官场吏治的腐败黑暗，同时也体现出清官贤士的正义感和下层人物的反抗精神。

在《木绵庵郑虎臣报冤》中，作者通过对南宋权奸贾似道的刻画，揭露了南宋末年整个朝廷的黑暗与腐朽。在《沈小霞相会出师表》《灌园叟晚逢仙女》等篇章中，或通过统治阶级内部的忠奸斗争，或通过恶霸横行最后遭到惩治的故事，歌颂了正义与善良，鞭挞了邪恶与强暴。另外，批判科举制度的不合理以及黑暗的作品在"三言"中也有涉及。在

《老门生三世报恩》《钝秀才一朝交泰》中，作者通过鲜于同、马任登科前后人们的不同态度，辛辣地讽刺了世情淡薄、人心险恶以及产生这种后果的不合理的社会制度。

（二）"二拍"的思想内容

1. 描写爱情与婚姻问题

与"三言"一样，爱情与婚姻也是"二拍"中最重要的主题，这类作品在"二拍"中占有最大比例。这一题材的作品大部分肯定了青年男女，特别是年轻女性对爱情坚贞的信念、大胆的追求，反对"父母之命，媒妁之言"的陈旧观念，具有明显的进步性。有不少作品还肯定了青年男女，特别是女性对情欲的积极追求，这是肯定人欲的晚明启蒙思潮的鲜明体现。从肯定情欲的观念出发，对那些受情欲驱使而失去贞操的妇女表示宽容和同情。

同样是写爱情，但"三言"和"二拍"两者的侧重又有所不同。"三言"中一些优秀的爱情故事，每每把"情"视为理想的人伦关系的基础；而在"二拍"中，同样肯定"情"对于人生的至高价值，但更多地把"情"与"欲"即性爱联系在一起，并且对女性的情欲多作肯定的描述，这对传统道德观的冲击更为直接。如《闻人生野战翠浮庵》一篇中，写尼姑静观爱上闻人生，便假扮成和尚出走，在夜航船上主动与闻人生搭讪，最后两情相悦，成就完美婚姻。《通闺闼坚心灯火》一篇更具代表性。罗惜惜与张幼谦两人从小相爱，私订终身，后来惜惜被父母许给他人，她以死相抗，而每日与幼谦私会。小说中写道：

如是半月，幼谦有些胆怯了，对惜惜道："我此番无夜不来，你又早睡晚起，觉得忒胆大了些，万一有些风声，被人知觉，怎么了？"惜惜道："我此身早晚拼是死的，且尽着快活，就败露了，也只是一死，怕他什么？"在这里，年轻人，尤其年轻女子为追求个人幸福而对封建礼教所作的大胆抗争，体现得淋漓尽致。

"二拍"在描写爱情与婚姻故事时，和"三言"一样，常常对妇女的权利作出肯定。《满少卿饥附饱飏》中作者明白地指出，男子续弦再娶、宿娼养妓，世人不以为意；而女子再嫁，或稍有外情，便万口訾议，这是不公平的。两性关系上的平等意识，表现得相当明确。《酒下酒赵尼媪迷花》一篇，写巫娘子遭人奸污，之后设计报仇，丈夫见她"立志坚贞，越相敬重"。这里对妇女的"坚贞"的看法，也明显与"饿死事小，失节事大"的理学教条相悖，因而更具人道主义色彩，更接近现代意识。

另外，在强调男女平等方面，"二拍"在继承"三言"关于婚姻自由、自主结合思想的基础上，更加突出了女性在择偶过程中的主动性和独立性，并对她们自主婚姻给予了充分肯定。

2. 描写商人与商业活动

这类题材的作品也是"二拍"中最具积极意义的一部分。这些故事不是"三言"中同类题材的简单重复，而是较为深入地反映出了经商活动中许多内在的规律和动向。

《转运汉巧遇洞庭红》一篇，写商人出海做生意。主人公文若虚在国内经商不利全盘皆输，一次偶然机会和一些商人出海经商，因为缺少本钱，他只带了一只价值一两多银子的洞庭红。谁想到了海外，洞庭红竟卖了八百多两银子。回来的路上，他在经过一个荒岛时又捡到了珍宝，因此大发横财，成了一名富商。

联系明代中、后期商人要求开放"海禁"的历史背景，不难看出，这篇作品不仅反映了明代中叶以后要求开放"海禁"的时代愿望，而且形象地揭示了商品的巨

额利润产生于异地交换的流通领域这一
重要的经济学原理，因此不仅具有文学
欣赏价值，而且也是研究中国古代经济
思想史的珍贵材料。

《叠居奇程客得助》一篇，写徽州商
人程宰因经商失败，怕归来被人笑话而
流落关外。后其得海神垂爱，得到指点，
先后通过囤积药材、丝绸和粗布发了横
财。海神指导程宰的经商理论"人弃我
堪取，奇赢自可居"，表现了商人的精神
世界和经营准则。

在《乌将军一饭必酬》一篇中，王

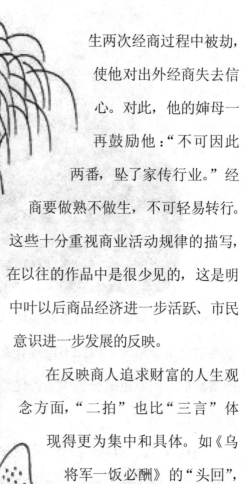

生两次经商过程中被劫，使他对出外经商失去信心。对此，他的婶母一再鼓励他："不可因此两番，坠了家传行业。"经商要做熟不做生，不可轻易转行。这些十分重视商业活动规律的描写，在以往的作品中是很少见的，这是明中叶以后商品经济进一步活跃、市民意识进一步发展的反映。

在反映商人追求财富的人生观念方面，"二拍"也比"三言"体现得更为集中和具体。如《乌将军一饭必酬》的"头回"，作者写王生与婶母杨氏相依为命，王生经商屡遭风险，杨氏一再出资相助，鼓励他不可泄气。这个以经商为"正经"、颇为贪财的杨氏，与过去文学作品中所描绘的商家妇女形象有根本的不同。而对于这样的人，作者称赞她是"大贤之人"，这很明显是市民观念上的评价，是对此类人物形象传统看法的颠覆。另外，《转运汉巧遇洞庭红》《叠居奇程客得助》中，作者均以欢快的文笔描述商人的奇遇，突出了商业活动中的偶然因素和把握机会的重要性，撇开其神奇的成分，实际是赞赏敢于冒险追求财富的人生选择。

正是因为作者对商人所持的肯定态度，在"二拍"所描写的众多商人形象中，大部分是正面人物。他们忠厚老实、买卖公平，对事业、爱情追求执著，并最终获得成功。在"二拍"中，世人绝对地视经商为正道、善业，不仅认为官宦人家与商人通婚是门当户对，甚至认为商人高于读书人；商人将本求利，也被视为正当的谋生手段；他们对金银财宝

的追求，被当做美好的理想愿望。这些
对此前的作品，无疑都是很大的突破。

3. 描写贪官污吏及其活动。

"二拍"写了不少贪官和酷吏，有贪
赃枉法的，有谋通强盗的，有官盗一体
的，有徇私舞弊的，有买官卖官的。其中，
写缙绅名流厚颜无耻、凶暴残忍、忘恩

负义之类行径的故事特多，也是基于相同的出发点：所谓"官与贼人不争多"（《二刻》卷二十）、"何必儒林胜绿林"（《初刻》卷八）。这样的评语，表现了作者对社会统治力量的认识，暴露了封建统治阶级的贪婪凶残、荒淫好色。

在《青楼市探人踪》一篇里，作者

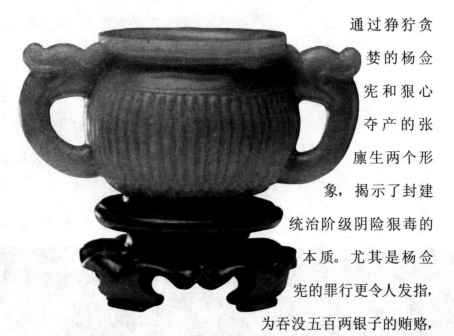

通过狰狞贪婪的杨金宪和狠心夺产的张廪生两个形象，揭示了封建统治阶级阴险狠毒的本质。尤其是杨金宪的罪行更令人发指，为吞没五百两银子的贿赂，竟杀害了张廪生主仆五条人命。

在《进香客莽看金刚经》一篇中，写贪婪卑劣的柳太守，为夺取寺中收藏的价值千金的白香山手书金刚经，竟勾结强盗，让其诬陷该寺为窝藏盗犯之所，进而对住持进行多方迫害。

在《王渔翁舍镜崇三宝》一篇中，提点刑狱使者浑耀得知住持法轮藏了他人宝镜发了财，为夺得宝镜，用尽各种威逼手段，直至把住持活活打死。类似

的作品，在"二拍"中不在少数，作者
对统治阶级的黑暗统治和丑恶嘴脸的刻
画可谓入木三分、活灵活现。

4. 描写社会险恶，世风颓废。

在"二拍"中，描写当时社会现象、
社会风气的作品也有一些。像描写盗贼
横行不法的、骗子行骗的、僧尼道士淫
乱的、家庭成员反目成仇的等等，表现
了当时社会上市民生活的形色百态。但
这一类的作品，因为主题不是非常集中，
进步意义不大，成就不高。

（三）"三言二拍"思想内容的局
限性

从以上对"三言二拍"思想内容的
分析不难看出，"三言二拍"的许多作品
对失去贞操的妇女表示了宽容和谅解，
显示出与传统相背离的道德标准。它肯
定每一个人都有生存权利，鼓励人们摆

脱封建礼教的束缚去追求自身的幸福，体现出新的人生价值观念，表现了尊重个性、追求个性解放的思想意识。同为可贵的是，"三言二拍"的许多作品，真实反映了当时世俗社会的生活风貌，明代随着社会阶级关系的改变而发生的生活观念的变化以及金钱对封建社会的腐蚀和冲击等，在作品中都有逼真的体现。

这类题材的作品，形象地勾勒出了资本主义萌芽时期中国社会的生活画卷，肯定人们对金钱财富的追求和聚敛，不仅赞扬人们通过经商致富，对通过其他途径获取财富的行为也表示支持，充满着时代精神，是明代写实小说的代表作。

但是，我们在充分肯定"三言二拍"积极方面的同时，也不能无视小说的消极因素，"三言二拍"中表现的思想倾向并不都是进步的。例如，为了迎合市民的欣赏趣味，同《金瓶梅》一样，两书的很多篇目中都有露骨的色情描写。它在肯定情与欲时，每每伴以直露的性行为描写，秽笔较多。另外，少数篇章如《钱多处白丁横带》《何道士因术成奸》里，对农民起义进行了攻击。这些不足之处，"二拍"比"三言"要多。这种现象说明封建知识分子世界观和认识论上的矛盾和局限，另一方面也说明了当时人们审美趣味的低下。

四、"三言二拍"
的艺术特色

　　"三言二拍"之所以能成为明代写实小说的代表作，与其高超的艺术表现手法是分不开的。此前的宋元话本，对于故事都是粗笔勾勒，但"三言二拍"中的篇章，不仅篇幅加长了，主题集中了，而且情节也更为复杂曲折了，尤其是在人物的塑造上，比照此前的文学作品，是空前的丰满。

（一）已能初步运用典型化的方法，塑造出性格鲜明、充满艺术魅力的人物形象

对于小说艺术成就的评价标准之一，是看作家能否自觉地把人物的塑造当做创作的基本任务，从而通过人物形象去反映社会生活，表达思想的深度与广度。"三言"与"二拍"在这一点上，远远地走在了前代、同代乃至

后来的白话
短篇小说的前头，
因此在中国古代小说的
人物塑造手段从类型化人物向性格化人
物过渡的过程当中，起到了推波助澜的
作用。

在这两部书中，特别是"三言"，我
们可以举出许多在中国文学殿堂里熠熠
生辉同时又活在读者心中的人物形象。
像为维护自己的尊严、因得不到自由美
满的婚姻宁愿抱着百宝箱向万里波涛纵
身一跳的杜十娘；经过了许多磨难与波
折，终于摒弃了对公子王孙、仕子巨贾
的妄想，选定卖油郎作为终身依靠而过
平民生活的莘瑶琴；遨游四海，尝遍美
酒，敢叫权贵脱靴磨墨，令番邦使臣叩
首称臣的李太白；伶牙俐齿、机敏过人、

诗词歌赋不让须眉的才女苏小妹……再如痴心花草的灌园叟秋翁、泼辣大胆的团头女儿金玉奴、忠贞之士沈小霞、蛇仙娘娘白素贞……之所以有这些丰富饱满的人物形象，与"三言二拍"刻画人物的方法是分不开的。

首先，作品对人物的刻画是多角度和全方位的。

在《卖油郎独占花魁女》中，莘瑶琴与卖油郎秦重的鲜明而丰满的形象使读者几乎分不清谁主谁次。"占花魁"作为一篇妓女题材的作品，套路是老的。

可是，这一篇中的莘瑶琴，完全是一个
新的类型，作者对其主体性格曲折变化
的过程的描写，使其人物形象十分丰富
生动细腻。她从一个立志在泥沼中保持
自己的清白，做一个"出淤泥而不染"的
少女，到被迫接客的雏妓；从一个身不
由己的妓女到专挑官家子弟、富户纨绔
的花魁；从一个第一眼
认出秦重是一个卖油
的而说出"临安郡中并
不闻说起有什么秦小
官人，我不去接他"，
到"千万个孤老都不
想，倒把秦重整整想
了一日"；从对秦重仅
有"难得这好人，又
忠厚，又老实，且知
情识趣……可惜是个
市井之辈，若是子弟，
情愿委身事之"的感

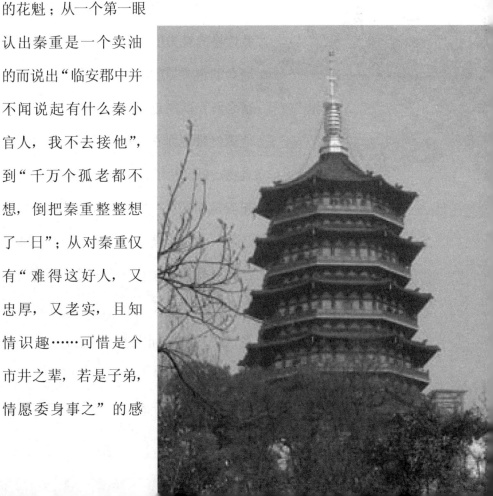

觉，到终于从口中吐出"我要嫁你"的心声。于是，一个逐步显现的立体的丰满的、与此前文学作品中风尘女子迥异的形象，便凸现出来了。

"市井之辈"的小商人秦重，也有着鲜明的个性。他本分勤俭、细心耐性；他心诚志纯、知情知趣。特别是处处为对方着想，对对方的尊重与维护，这是其性格的魅力所在，也是他最后获得莘瑶琴的根本原因。他省吃俭用，以积一宿之资；以空走数次，方获一夕之遇；他毅然张开新衣长袖以盛莘瑶琴的呕吐之物，只恐污了花魁娘子的被褥；他把暖壶抱在怀里，以备酒醉的莘瑶琴口渴之需；他在天亮之前便匆匆告辞，唯恐使花魁娘子因接待一个卖油的而遭旁人之讥……因此以一个卖油郎之贱而获享花魁娘子之奇，也便成为可信的了。

此外，小说中的一个次要人物刘四娘的描写也十分成功。她先是把立志守

贞的莘瑶琴说得终于改变初衷而倚门卖
笑；然后把爱财如命的王老鸨说通而放
莘瑶琴从良。需要说服莘瑶琴接客时，
她把接客的好处说得无以复加；当要说
服王老鸨放行莘瑶琴时，她又把留的害
处说得耸人听闻。真是翻手为云，覆手
为雨，巧舌如簧。这样的人物描写在别

的小说里很少看到。

其次，对人物的言行、心理的刻画较为细腻。

在《错调情贾母詈女误告状孙郎得妻》一篇中，写贾闰娘因被母亲责骂与孙小官有私情而上吊自尽的心理："欲待辩来，往常心里本是有他的。虚心痛说不出强话；欲待不辩来，其实不曾与他有勾当，委是冤屈。思量一转，泪如泉涌。道似此一番，防范越严。他走来也无面目。这姻缘料不能够了。况我当不得这擦刮，受不得这腌脏，不如死了，与他结个来生缘吧。"这样细腻的心理描写，在以前的作品中是没有的。

应该承认，"三言二拍"的作品，在人物形象塑造上获得的成功，是显而易见的。此前的中国古代的小说，因为受史传文学的影响，往往只重外部言行的描写，不大习惯于直接描摹人物的心理活动。而在"三言"中，作者已经开始

有意识地把大量生动、细致的心理描
写加入到写人物的过程中。它为我们展
现了丰满的人物，写出了人物形象的多
侧面，写出了人物变化的细微与渐进，
因为它不是定格的、概念化的，所以更
立体更鲜活。作家或把人物处于事件
情节的过程，或将人物置于矛盾旋涡的
中心；或以人物映衬，或以细节浸染；
或辅之以心理描写，或择之以性格语
言……这些优秀作品注意到了人物性格

的复杂性，既有较多的真切自然又有层次清晰的心理描写，也有具体丰富而又生动传神的细节刻画，体现出了白话小说在创作方法上的新进展。

但是，有一点也必须指出，在刻画人物个性方面，"二拍"比"三言"略显粗糙，有类型化的倾向。

（二）在情节的设置和叙述上，比此前的小说有了新突破

"三言二拍"中的优秀作品，在编织故事方面都有较高的艺术水准。作者往往从日常生活中捕捉故事题材，并加以合理的剪裁和巧妙的安排。其故事情节，

既行云流水，亦波谲云诡；每于意料之外，又在事理之中。可贵的是，作者努力突破此前我国古代小说单线结构的模式，尝试用复线结构或板块结构等，使情节更加摇曳多姿。具体说来，其情节安排的突出特点有三：

1. 较多地运用偶然和巧合的艺术手法，简化故事的漫长进程，加剧矛盾冲突。

"三言二拍"中，作者在情节的设置上常常采用巧合误会的手法，把情节弄得迷离恍惚，波澜起伏。作者的目的就是"极摹人情世态之歧，备写悲欢离合之致"，注重在日常生活中显示出故事的传奇性。而为了达到这一目的，作者善于运用生活中偶然性的巧合来构成故事的冲突，回旋跌宕；同时也善于设置悬念伏笔，常常一波未平，一波又起，环环相扣，引人入胜。

例如在《十五贯戏言成巧祸》一篇中，王翁给刘贵十五贯钱，而崔宁卖丝所得也"恰好是十五贯钱，一文也不多，一文也不少"。由于刘贵的一句"戏言"，二姐误以为真而离家出走，途中正遇崔宁；此时盗贼正巧入刘贵之室行凶，窃得十五贯钱。正是因为这些巧合，最终酿成了一桩冤案。后来刘妻正巧被那个行凶的盗贼劫掠，才使此案得以了结。在"三言二拍"中，这种"无巧不成书"的手法的巧妙运用，才使小说的情节发展、跌宕起伏，出人意外，又显得合情合理，所谓以"巧"传"奇"，以"巧"寓"真"，正是如此。

2. 善于运用各种具有细节特征的小道具，丰富情节，增加戏剧性。

为故事增加一个道具，或者以道具为线索展开情节，增加故事的曲折性，是"三言二拍"展开情节常用的一个手法。而此手法的成功运用，也使作品增色不少。

关于小道具的运用，最突出的当数《杜十娘怒沉百宝箱》中的"百宝箱"。在这部作品中，"百宝箱"是连接故事的线索，在作品中共出现了四次，构成了故事情节发展的四个阶段：

第一次：当李甲为凑足从鸨儿处赎出杜十娘的三百两银子而四处奔波借债，但又毫无着落时，杜十娘拿出了"私蓄"的（说是从姊妹处借的而实际上是从"百宝箱"中拿出的）一百五十两银子来。此举感动了柳遇春，借来了另一半一百五十两银子，使李甲能顺利地赎出杜十娘。这是情节发展的第一个阶段。

第二次：当杜十娘和李甲告别柳遇春和众姊妹准备上路时，谢月朗"命从人挈一描金文具至前，封锁甚固，正不知什么东西在里面。十娘也不开看，也不推辞，但殷勤作谢而已"。这"描金文具"正是"百宝箱"，有了这个"百宝箱"，李

甲和杜十娘今后很长一段时间的生活费就不愁了。这是情节发展的第二个阶段。

第三次：当李甲用完那二十两白银，为缺钱而苦恼不已时，杜十娘又取钥匙开箱，拿出白银五十两充当行资。这一次"百宝箱"虽然被当面打开，但李甲"在旁自觉惭愧，也不敢窥觑箱中虚实"，致使"百宝箱"又一次坠入五里雾中，没能显示出其真面目。这是情节发展的第三个阶段。

第四次：当李甲受孙富挑唆，将杜十娘转卖时，十娘悲愤交加，取钥开锁，将箱中宝物一一投之江中,最后自己也"抱持宝匣,向江心一跳",结束了年轻的生命。这一次"百宝箱"才让李甲、孙富和旁观者一览无余,使李甲"又羞又苦,且悔且泣",却悔之晚矣。这是情节发展的第四个阶段,也是故事的高潮和结局。

在整个故事情节发展过程中,作为连接故事线索的"百宝箱"若即若离,忽隐忽现,对情节发展起着暗示和推动的作用。前三次出现(其中第一次是暗示)读者均不知箱中为何物,也不太在意,直到第四次出现,读者才恍然大悟。这正是作者构思的巧妙所在。

再看《蒋兴哥重会珍珠衫》一篇。

这篇小说情节结构上的特点是以珍珠衫为"道具"，贯穿小说的首尾，也连接蒋兴哥一家与陈大郎一家，使小说波澜起伏，巧妙完整。

珍珠衫在整篇小说中一共出现四次。第一次是三巧将珍珠衫赠与陈大郎，是蒋兴哥失去珍珠衫；第二次是陈大郎在苏州邂逅蒋兴哥，蒋兴哥巧遇珍珠衫；第三次是平氏在陈大郎行囊中发现珍珠衫，平氏疑藏珍珠衫；最后一次是平氏嫁与蒋兴哥，蒋兴哥重会珍珠衫。小说用了"珍珠衫"作为题目以后，珍珠衫就始终成为读者阅读的悬念，这在结构情节上是十分成功的。

这种以"小道具"贯穿故事的手法在《陈御史巧勘金钗钿》《赫大卿遗恨鸳鸯绦》等作品中也有体现，作者运用巧妙娴熟，情节展开自然，是"三言二拍"的一大艺术特色。

3. 悲剧性与喜剧性的情节穿插，创造一种"奇趣"。

宋元话本中多爱情悲剧，而晚明的文学界崇尚"趣"字，短篇小说的创作也多为喜剧团圆之作。当然,在"三言"中也有如《杜十娘怒沉百宝箱》那样震撼人心的悲剧，但冯梦龙、凌濛初显然更乐意写一个完美的结局并在作品中营造一种喜剧气氛。像"三言"中《乔太守乱点鸳鸯谱》写代姊"冲喜"、姑嫂拜堂，乃至后来纠纷百出，实在是封建包办婚姻

的大悲剧，但它以计中计、错中错、趣中趣相互交叉，最终又以戏剧性的"乱点鸳鸯谱"作结尾，皆大欢喜。

《玉堂春落难逢夫》中的主要人物都有一段悲剧性的经历，如王景隆金银散尽，沦落"在孤老院讨饭吃"时，却与玉堂春合作，骗得鸨儿团团转，使读者忍俊不禁。

在"二拍"中，同样也充满着幽默、讽刺和戏剧性，作者将主人公的悲喜情节巧妙搭配，相互衬托，增强了小说的新奇性和趣味性。

（三）语言运用口语与文言相结合的形式，雅俗共赏

"三言二拍"的成功，不只表现在人物描写和情节设计上，但凡小说的构件、要素，诸如语言、环境、心理等等都取得了成功，也因此对后来的小说创作造成了巨大的影响。尤其在语言使用

方面，它体现了雅俗共赏的特征。"三言二拍"使用的语言既汲取了宋元话本"谐于里耳"的特征，又经过文化修养较高的文人的润色、创作，把生动活泼的口语与浅显易懂的文言结合在一起，表现出"文心"和"里耳"的和谐。叙述语言明白如话，富于表现力；人物语言描摹逼真，具有个性化；达到了不事雕琢而自然曲尽事物之情的境界。三言二拍标志着白话短篇小说的语言艺术已经跨越了通俗化的初级要求，开始进入更高的规范化和艺术化阶段，为白话短篇在语言方面树立了典范。

五、"三言二拍"
经典作品赏析

　　《卖油郎独占花魁》和《杜十娘怒沉百宝箱》是"三言"中成就最高的两篇，又因二者都写爱情，一为喜剧，一为悲剧，堪称姐妹篇。《卖油郎独占花魁》写的是平等相爱的市民理想击败了婚姻中的富贵等级观念，《杜十娘怒沉百宝箱》则是封建富贵等级观念扼杀了平等相爱理想，在此我们把两篇放在一起赏析。

（一）喜剧——《卖油郎独占花魁》

1. 故事梗概

《卖油郎独占花魁》取自《醒世恒言》。故事写南宋年间，杭州有个花魁娘子，她原名莘瑶琴，长到 14 岁时已经美艳绝伦。一个名叫秦重的卖油郎，走街串巷卖油，看到她从院中出来，艳若桃李，顿时为之倾心。

秦重知道凭自己的身份是无法再见到这位绝色美女的，但他从此辛勤工作，一分一钱地积攒银子，一年以后终于攒到了十来两银子，去找花魁娘子，扑了十几次空，仍不死心。鸨母终于被他感动，有一次让秦重在房中等她。莘瑶琴晚上回来时，已经喝醉了，一进屋就和衣而卧。秦重在她身边坐了一夜，为她盖被、倒茶、服侍。莘瑶琴从未见过如此诚恳老实的男子，于是芳心暗许，并给了他二十两银子。

秦重后来继承了油店。莘瑶琴被吴八公子羞辱，恰逢秦重又救了她。于是，她心动了，拿出了多年的积蓄，设计让秦重为她赎了身。二人成婚之时，都恰好与多年失散的父母相认，皆大欢喜。

2. 主题思想

全篇以油贩秦重与妓女莘瑶

琴的爱情故事作为主要描写对象，通过两人从看似不可能的爱情到终于结合的这一过程的描写，表现了明代中后期小市民阶层特有的生活状态，特别是婚恋心理。描写了他们是怎样从重享乐的庸俗的色欲和金钱欲中摆脱出来，怎样用建立在互相爱慕、平等相待、互相尊重基础上的爱情理想，击败了建立在等级、门第、金钱、贞节等观念之上的传统婚姻，歌颂了爱情至上的精神，也反映出市民阶层的新的婚恋观念。

秦重历时三年多的至诚之爱，冲破了千万重阻碍，最终获得了成功。那些贵族公子们虽然有着尊贵的社会地位、优越的物质条件，但也只能得到莘瑶琴逢场作戏式的应酬，而秦重则得到了花魁娘子的真爱。之所以有这

样的结果，是因为前者看重的只是女性的色相，对女性全无尊重。而后者是真正尊重女性的人格，爱情是建立在平等的基础上的。作者的倾向是鲜明的，他喜悦地描写了秦重与莘瑶琴爱情的胜利，而作品的题目就正体现了他的这种倾向。作品同以往描写的爱情胜利的作品如张生和莺莺、杜丽娘与柳梦梅相比，有了明显的进步性。因为那些作品写的都是上层社会的男女青年建立在郎才女貌基础上的爱情，而且都不能避免夫贵妻荣的传统观念。而秦重与莘瑶琴的结合，才是真正的布衣蔬食的平民的胜利。

3. 艺术特色

（1）复线交叉式的结构

《卖油郎独占花魁》的结构是非常值得一提的，它采用了两条线索的复线交叉结构，共同串起丰富多彩的生活画面，使情节从容不迫地展开，形成曲折有致的故事。

在秦重经过妓院后花园看见花魁娘子的芳容以前，作品是两条互不相干的线索，主要是交代作品的两个主人公，分别讲述了他们的身世、地位和处境。而在此之后，两条线索开始纠缠。

沿着两条线索，作者分别围绕着两个主人公，展开了两种生活场面的描写。莘瑶琴的一条线索是写社会的动乱，造成她失身为娼，以及她在妓院的生活，串起了上层社会的生活场面。另一条线索写秦重，他因战乱被朱十老收养当店员，由于被挤对，当了个体小油贩，沿街叫卖，这是典型的下层市民的社会生活，这条线索串起了一系列市井生活的画面，像一幅市民生活的长卷。这种结构精致巧妙，体现了明代白话短篇小说结构的高度成熟，具体妙处有四：

第一，展开了情节，描写了生活。两条线索各自发展，只有三次相交，而在相交后又迅速地分开，各自发展，形成了作品的故事情节。这三次相交，联系起了矛盾冲突，使双方有了性格撞击的机会，从而使情节发展取得进一步的动力，情节的发展更富于故事性、戏剧性。

第二，描写了生活。两条线索各自展开的部分，作者游刃有余地进行了丰富的生活场景的描写。因而，这一短篇小说具有很大的生活容量。

第三，提出了悬念。这种双线索相交式的结构非常便于设置悬念。作品核心情节是两人是否可以结合。作者很巧

妙地设置了悬念，使这一悬念贯穿于作品首尾。两条线索的前两次相交没有解开这一悬念，而第三次相交又只是部分地解开，因为莘瑶琴本人尽管表示愿嫁秦重，但她能否顺利赎身还是个问题。一直到两人结合，这一悬念才算解开，同时作品也到了结尾。

第四，展示了人物性格。说到底，情节是性格冲突的逻辑过程。不同性格的相互撞击，便形成了情节。秦重的主导性格是对爱情的至诚追求。第一次见面后，这种性格便产生了。而这也是造成双方第二次、第三次见面的缘由。而莘瑶琴则是从一堕入风尘起便立志要从良，并且希望所托之人既要有真情实意作为结合的基础，也能够让她享有荣华富贵。正是因为这种两全其美的考虑，才延宕了从良的行动。而她一旦认清了这两者是不可兼得的时候，便毅然选择了前者。这样，两人的性格就得到了充分的展示。

（2）出色的描写艺术

第一，细致入微的心理描写。宋元时期，传统的话本是以人物语言和行动来表现人物性格，不是很重视人物的心理刻画，这种表现手法接近于戏剧。而在这篇作品中，作者用了相当大的篇幅来描写人物的心理活动，以此寻找人物行动的心理根据。

心理描写，在秦重身上运用得最为成功。比如秦重第一次见到莘瑶琴时的心理活动。在他得知莘瑶琴是个粉头（妓女）后，有很长一段心理活动："世间有这样美貌的女子，落于娼家，岂不可惜？"又自家暗自笑道："若不落于娼家，我卖油的怎么得见？"又想了一回，越发痴起

来了，道："人生一世，草生一秋。若得这等美人一回，死也甘心。"又想一回，道："呸！我终日挑这油担子，不过日进分文，怎么想这等非分之事！正是癞蛤蟆在阴沟里想着天鹅肉吃，如何到口！"又想一回，道："她相交的，都是公子王孙。我卖油的，纵有了银子，料她也不肯接我。"又想一回，道："我闻得做老鸨的，专要钱钞。就是个乞儿，有了银子，怕她不接！只是哪里来这几两银子？"……千思万想终于想出一个计策来。他道："从明日为始，逐日将本钱扣出，余下的积攒上去，一日积得一分，一年也有三两六钱之数。只消三年，这事便成了。若一日积得二分，只消得一年半。若再多得些，一年也差不多了。"这是古代小说中少有的长篇心理描写，层次丰富，内容也复杂，可称为是正向反复递进式心理描写。其特征是：人物的思维活动有个方向，在这里表现为秦重要与莘瑶琴亲近。具体表现是，从外围生发，经过多次正反的过程，一步步地递进到最终的目标。在这部作品中，每次欲念的产生都使秦重畏惧，每次有个想头，就自我否定，但是念头挥之不去，因此又在想方设法说服自己这是有可能的。秦重就是在一次次的否定之否定中，退一步进两步，在反复的进进退退中向前走。而每次秦重实现了具体的阶段性目标后，再以此处作为继续前进的台阶，再筹划下一步的目标。正是在这样的递进式的心理纠结中，秦重最终完成了自己的理想。

　　第二，结合心理描写，作者适时剖析议论。内心独白是人物的自我表坦，而作者恰如其分的剖析议论则

是站在客观立场上做的结论，将内心独白中包含的意义一语道破，使读者有豁然开朗、拨云见日之感。

例如，写秦重在目睹了莘瑶琴的美貌，又打听到十两银子可前去亲近，只是不知从哪儿弄银子，"一路上胡思乱想"时，作者不失时机地插入一段议论："你道天地间有这等痴人，一个小经纪的，本钱只有三两，却要把十两银子去嫖那名妓，可不是个春梦！"站在局外人的立场上，对秦重呆头呆脑的犯傻进行了善意的嘲弄，幽默诙谐，妙趣横生。而在秦重去妓院忙活了一夜走了之后，作者又写道："且说美娘与秦重没半点相干，见他一片诚心，去后好不过意。……千万个孤老都不想，倒把秦重整整地想了一日。有［挂枝儿］为证：俏冤家，须不是串花家的子弟，你是个做经纪的本分人儿，那匡你会温存，能软款，知心如意。料你不是个使性的，料你不是个薄情的。几番待放下思量也，又不觉，思量起。前边几句是莘瑶琴的心理独白，后边的几句则是作者的剖析，很好地表现了莘瑶琴从一心想嫁个既有情又有钱人的想法向有情人转变过程中关键时刻的微妙心态。此时的莘瑶琴，对从良还存有理想化的想法，希望真情与衣冠子弟两者兼得，但是，秦重那一夜的所作所为感动了她，她的感情天平已经开始向秦重倾斜。

第三，细致入微的细节描写。宋元话本小说中，一般不注重细节，多采用粗线条的白描。而在"三言二拍"的诸多作品中，作者对细节倾注了更多的注意，《卖油郎独占花魁》在这一点上堪称

典范。莘瑶琴喝醉后，面对里床，睡得正熟，把锦被压在身下。秦重心想酒醉之人必然怕冷，又不敢惊醒她。这时，他看见旁边有一床大红锦被，便轻轻地取下，盖在美娘身上。然后他把银灯挑得亮亮的，泡了一壶热茶，脱鞋上床，挨在美娘身边，左手抱着茶壶，右手搭在美娘身上，眼睛也不敢闭一闭。当美娘睡了一觉醒来后，自觉酒力不胜，胸中似有满溢之状。爬起来坐在被窝中，垂着头打嗝。这时，秦重慌忙也坐起来，发现她要吐，放下茶壶，用手抚摩其背。不一会儿，美娘忍不住了，放开喉咙便吐。秦重怕弄脏了被子，把自己的衣袍袖子张开，罩在她嘴上。美娘不知所以，尽情一吐。吐毕，还闭着眼，讨茶漱口。
秦重下床，将衣服轻轻脱下，放在地上，
摸茶壶还是暖的，便倒了一杯浓茶递与
美娘。美娘连喝了两碗，然后倒下睡了。

　　这段描写似乎细微到了琐碎的地步。
但正是通过对这些零碎琐细的细节描
写，让读者真切地看到了一个真实的秦
重：既想亲近自己垂慕已久的女子，又
为对方远高于自己的地位所惶恐不安。
而他的老实忠厚、远离轻薄，正是通过

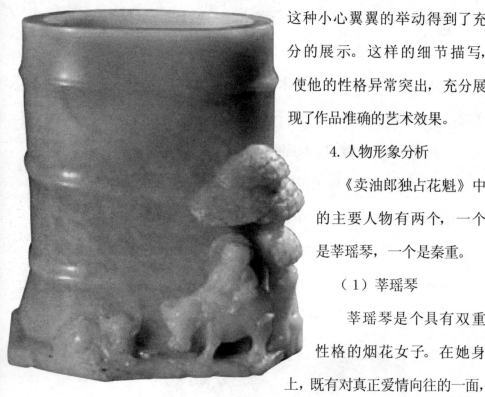

这种小心翼翼的举动得到了充分的展示。这样的细节描写，使他的性格异常突出，充分展现了作品准确的艺术效果。

4. 人物形象分析

《卖油郎独占花魁》中的主要人物有两个，一个是莘瑶琴，一个是秦重。

（1）莘瑶琴

莘瑶琴是个具有双重性格的烟花女子。在她身上，既有对真正爱情向往的一面，同时又有贪慕虚荣、陷于泥淖不能自拔的一面。

我们从比较传统的道德立场上展开她的性格分析。莘瑶琴自幼生活在一个读书知礼的家庭中，德才貌俱全。如果不是家中突遇变故，本可以成长为封建社会里一个标准的大家闺秀。但是，她生逢战乱，与家人失散，不幸被坏人骗卖到妓院中，堕入风尘。其性格的两面性就此展开。

她先是过着纸醉金迷、花天酒地的生活。其性格中向善的一面暂时被掩盖，呈现出自甘堕落的样态。但是，她性格中的另一面并没有泯灭，寻求真正爱情和美好婚姻，即"从良"的愿望，始终潜藏在她心中。

从良，是自古以来风尘女子的愿望，几乎无人不想。妓女从良可分成三种。一种可以称之为好从良。这种从良是嫁

个有钱有势的、关爱自己的好人，这样既可享受丰盛的物质生活，又能有个称心如意的郎君。莘瑶琴就是打着这样的如意算盘的。这一直是她追求的目标，她在等待这样一个机会。但这种从良在现实中，是比上天还要难的。那样的人，找什么样的女子都不成问题，为什么要找一个妓女？这也就是她为什么表面上甘于沉沦的根本原因，她没有找到这样的机会。因此说到底，她的这种愿望只能是个美好的梦想。这样，从良就可再继续分为真从良和假从良两种了。所谓的假从良，就是只为贪图享受，找个富裕的人家，不管人家是否真心相待，只要自

己能将妓院里纸醉金迷的生活延续下去就行。但这种从良，说到底与妓院里的生活并无任何实质性的变化。而"真从良"则是不管对方贫富，只要双方能倾心相爱，终身相伴，白头到老。莘瑶琴要的肯定不是假从良，否则她早就可以将自己嫁出去，完全不需要像作品中那样踌躇，费尽心机。但是真从良，她又有所不甘。因为她自认为凭自己的色艺，应该可以找到"好从良"的良机的。而秦重的温柔体贴尽管使她深有好感，但这时，还不是她嫁人的对象。"难得这好人，又忠厚，又老实且知情识趣，隐恶扬善，千百中难遇此一人，可惜是市井之辈。若是衣冠子弟，情愿委身事之"。

当然，从理论上说，好从良与真从良并非是对立关系，可以兼而得之，但

是，实际上这却是不可能的，起码在莘瑶琴身上是如此。她在同那些富贵子弟的长期交往中，逐渐发现好从良只是自己一相情愿的梦想，特别是那个福州太守的儿子吴八公子强抢自己去西湖船上佐酒助兴。她不情愿，就被赤足赶下船，丢在岸上。而秦重这时恰好碰上，雇轿将她送回。她这时才发现了富贵人对自己的奉迎恭维的真实用心，自己就是供人玩弄的，而要想赢得有钱人的爱情，

是不可能的。也正是在这时，她才认识
到了真正爱情的可贵，终于觉醒了，甘
愿随从秦重，过那低人一等、布衣粗食，
却充满了爱意的生活。她性格的刻画，
至此完成。

（2）秦重

秦重是作品中的男主人公，性格写
得相当丰满。他也是在靖康国难的逃亡
中成为孤儿，被开油店的朱十老收为养
子，学着卖油，成了卖油郎。他老实、忠厚、
清贫，而与一代名妓结为夫妻，由于双
方地位的差
距，看来是
不可能的。
作品就是
写这一不可能的结
局是如何变为现实的。

作品通过描写他与莘
瑶琴的三次接
触，来写这一不

可能的结局的实现，从而表现了这一人物对爱情婚姻的独特观念。

秦重第一次与莘瑶琴接触，只能称为邂逅，那时他只是一个初长成的青年，还几乎不懂男女之间的风月之事。但因为莘瑶琴长得太漂亮了，他也不例外地被她的美貌所迷倒。不过，这个卖油的小子自知无缘，只希望以后能常来此卖油，"图个饱看"。这时，他对莘瑶琴还

谈不上爱情，这只是一种慕色。

　　而后他打听到这是一个可以用十两银子买色的风尘女子，而他每天卖油的盈余不过一二分银子，却下了决心要用数年时间积攒十两银子以换取一夜之欢。这时，虽然看似轻薄，但是实则是已隐含着爱情至上了。贵族公子的千金买笑，是将女子作为玩物，而秦重则在意识深处，认为这个女子才是自己的意中人。

　　第二次与莘瑶琴接触，是秦重攒够了钱去买色的过程。他经过努力，终于攒够了十两银子前去妓院。而当时恰好莘瑶琴外出陪酒，直到深夜才回来。回来以后她看见秦重，心生不悦，于是又喝了十来杯酒，直到酩酊大醉。至此，秦重全无一点轻薄的念头，他伺候对方睡下，衣带未解，端茶送水，眼睛都不敢合，生怕对心上人不周。而在对方呕吐时，他又用自己的新袍子接了秽物。这一段是全作最为精彩的部分。在这里，我们看到了秦重的老实、厚道和对女性人格的尊重。

秦重第三次与莘瑶琴接触，是在莘瑶琴受到了欺负后。当时莘瑶琴正蓬头垢面，赤着脚，无法走路，坐在地上大哭。莘瑶琴虽是个妓女，但仍有着自尊。她得知吴八公子人品甚差，尽管对方多次来歪缠，但她始终不予理睬。而对方竟然强抢她去，上船后又羞辱了她。她坚决不为对方助兴，对方恼羞成怒，将她的鞋脱掉，撕去裹脚布，让她赤脚回去。而秦重正好路过这里，连忙上前安慰，将自己随身所

带的汗巾撕成两半，为她裹脚，又雇了一乘暖轿将她抬上，一路亲送她回去。这时，我们更看到了秦重的善良和他对莘瑶琴的爱情。

秦重的真情，终于赢得了花魁娘子的芳心。他的胜利，来自于他的真情。因为他清楚地知道，凭自己的社会地位，是无法赢得爱情的，而他所拥有的是一片爱心、一片衷情。因此，他的胜利，是市民阶级的胜利，是对传统的重门第地位、重贞节的婚姻观念的摒弃。

（二）悲剧——《杜十娘怒沉百宝箱》

《杜十娘怒沉百宝箱》是《警世通言》中的名篇，是中国古代文学史上最为杰出的短篇小说之一，其思想内容和艺术成就代表了中国古代短篇小说的高峰。也许正是这个原因，这篇小说被编入了高中语文新教材（试验修订本）第四册的中国古代小说单元中。而且，这个故事多次被改编成戏曲、电影，被翻译成外文，在国内外都产生了很大影响。

1. 故事梗概

明朝万历年间，北京城南的"教坊司"名妓杜十娘一天在接客时，偶遇南京布政老爷的公子李甲。李甲爱其美貌，杜十娘倾其举止文雅，二人情投意合。李甲不顾学业，日日沉浸在温柔乡里，渐渐花光了钱财。其父闻听后怒不可遏，断了他的供给，并劝说京城的亲戚都不要借钱给他。

十娘决心将终身托付给温存忠厚的李甲。老鸨儿同意只要李甲

在十日内拿出

三百两银子就可赎

出十娘。但他在亲友中早已"坏了名声"，谁也不会拿出钱来帮他往妓院里填。李甲奔波数日，一筹莫展，杜十娘取出缝在被子里的碎银一百五十两，李甲的好友柳遇春被这位风尘女子的行为感动，设法凑足了那一百五十两银子。十天后，李甲把银两如数交到老鸨儿面前，老鸨儿本想反悔，但杜十娘晓以利害，老鸨儿只得放人。

于是，李甲和杜十娘两个有情人在柳遇春住所结百年之好。杜十娘与李甲本要回到老家去，无奈李甲心存顾虑，携妓而归难以向父亲交代。杜十娘献计说：先到苏杭胜地游览一番，然后回家，求亲友在尊父面前劝解，待李父消气后，再来接她。李甲依命而行。

途中，二人遇到了好色又阴险的富商孙富。他夜饮归舟，听到杜十娘的歌声，心动不已。天亮以后，从窗口向内视其容貌，更觉心荡神摇。孙富假意与李甲相接近，饮酒畅谈，谈到杜十娘时，李甲告知其事情的原委，孙富叹道："尊父位高，怎容你娶妓为妻！到时候进退两难，岂不落得不忠不孝不仁不义的下场。"他这么一说，李甲更觉步履维艰，孙富又拿出一副为朋友肯两肋插刀的架势说："在下倒是愿以千金相赠，你拿着银钱回去，只说在京授馆，你父定会原谅你。"一番话说得李甲动了心，他一直怕回家后

不能交差，如今也只有如此了，于是当
下立了契约，按了手印，把杜十娘转卖
给孙富。

杜十娘得知此事后，如雷轰顶，回
忆自己童年被卖，受尽屈辱，眼看已经
逃出了火坑，就要过上幸福的生活，如
今全告破灭。第二天，杜十娘穿上盛
装，先让孙富把银两放到李甲
船上。自己站在踏板上，打
开百宝箱，里面装满金银翡
翠各色珍奇玩物。杜十娘指
着价值连城的金银珠宝，怒骂孙富
拆散他们夫妻，痛斥李甲
忘恩负义，把一件件宝物
抛向江中，最后纵身跃入滚滚波
涛之中。

2. 主题思想

作品通过对杜十娘追求爱情幸福的愿望和行为的描写，以及她最终含恨投河自尽的悲剧，赞扬了杜十娘追求自尊、刚烈不屈的品格，从而反映了明代中后期市民妇女追求爱情幸福和美满婚姻的愿望与封建制度下的妇女，尤其是所谓失节妇女低下地位的冲突，控诉了封建贞节观念对妇女的残害，表现出作者可贵的女权意识。

其实，关于痴情女子负心汉的题材，在中国古代小说中并不少见，但这部作品没有沿袭以往同类题材作品的模式，仅仅将作品主题停留在俗套的痴心女子负心汉方面，而是把批判的矛头指向主流的社会制度和传统观念，挖出了杜十娘悲剧的社会根源。从悲剧冲突的表面意义看，是高尚的杜十娘与卑鄙的李甲和孙富，尤其是与李甲的个人矛盾。但是进一步分析，就可看出，李甲的负心并不是他个人品质，如轻薄、见异思迁造成的。那造成他负心的深层原因是什么呢？

首先，李布政严酷家法的威胁。作品中说："老布政在家闻知儿子嫖院，几遍写字来唤他回去。他迷恋十娘颜色，终日延挨。后来闻知老爷在家发怒，越不敢回。"本来，嫖娼在封建社会是个小节，老爷的发怒主要是怕李甲因此而荒废了学业事业。想想看，嫖妓老爷尚且不容，何况纳妓回乡？因此在作品中我们看到，"十娘见李公子忠厚志诚，甚有心

向他。奈公子惧怕老爷，不敢应承"。尽管李甲后来为杜十娘赎身，并且带着她一路回乡，但这种心理阴影一直笼罩着他，是他的一块心病。孙富是一个久走江湖的商人，得知他的心病后，马上展开进攻，说："尊大人位居方面（布政使是明代一个省的最高行政长官），必严帷薄（帷幕和帘子，引申为男女之事）之嫌。平时既怪兄游非礼之地，今日岂容兄娶不节之人？"这种严酷的家法威胁，是促使李甲变心的直接原因。

其次，是李甲头脑中的等级观念和道德观念。杜十娘同李甲的结合与莘瑶琴同秦重的结合是不同的。莘瑶琴是以名妓的身份嫁给一个贫穷的小贩，是典型的下嫁屈尊，降格以求；而李甲则是出身高级官僚家庭，以他的身份地位，娶个妓女，不管这个妓女多么有名，也是个耻辱。这种事既不容于家庭，亦不容于社会，是大逆不道的。对于这一点，李甲是非常清楚的。他惧怕家法，说到底，是因为他的所作所为背离了主流社会的门第观和道德观。

李甲是个具有忠于爱情与负心双重人格的人。从他自己的感情出发，他愿意与杜十娘长相厮守，但是作为一个社会人来说，他又为自己的离经叛道深感不安。他与杜十娘的感情纠葛，

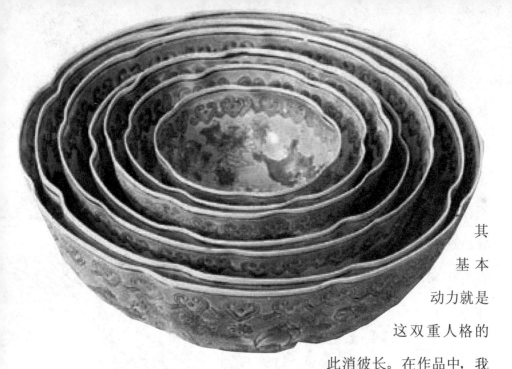

其基本动力就是这双重人格的此消彼长。在作品中，我们开始看到的是个志诚种子，一点都不轻薄，对杜十娘有着深深的恋情。即使是后来卖掉杜十娘时，还要同杜十娘商量，说只要杜不愿意，他就取消。但是他的另一重人格，即不能违背主流社会的意志，也时时告诫他，娶妓回家是不合道德的，不合家规的，也与他的身份地位不相符。他没有勇气抛弃传统观念，怕同家庭和社会决裂。这双重人格斗争冲突的结果，是他动摇了，畏缩了。起程返乡，踏上归程后，越离家近，他越害怕，而门第道德观念越占上风。正因如此，他才听信孙富的规劝，造成负心行为。他的负心，实在不应由他本人承担责任，而应由他背后的社会负责，由这个社会确立下来的制度和观念负责。孙富征服李甲，所依仗的正是社会的撑腰，孤军作战的李甲如何不败。

最后，妇女处于可以作为商品被买卖的卑下地位。李甲同孙富的交易，在他们两人看来，是完全合情合理的。杜十娘，既然是他出了三百两银子（实则他出了一百五十两，还是借柳监生的）买来的人，当然在有利可图时就可以卖掉，这在当时是非常顺理成章的。结果机会很快来了，两下成交，一千两银子出手，保本而且赚了一大笔。而妇女作为商品被买卖，归根到底是封建社会男尊女卑的制度和观念造成的，是受当时的法律保护，而且为社会舆论所普遍认可的，是再正常不过的事了。而对被作为商品买卖的妇女，造成的伤害则是刻骨铭心的。而像杜十娘这种对自己的爱情和人格看得重于一切的人以死相抗，也是题中应有之义。

由此可见，作者批判的矛头不只是对着软弱的负心汉，而是直逼造成负心的社会原因，而这才是造成杜十娘悲剧的真正根源。作者就是通过对负心者道义上的谴责，上升到对社会的控诉，大大深化了作品的主题。

3. 艺术成就

《杜十娘怒沉百宝箱》堪称中国古代白话短篇小说中成就最高、影响最大的一篇，它的出现标志着白话短篇小说艺术的高度成熟。

（1）作品的抒情性。

我国古代小说极其重视情节。一般叙事文学作品都以客观冷静地写人叙事为主，作者的感情通常潜藏在人物和情节之中。话本小说和拟话本小说也不例外，经常以偶然性构成作品的故事情节，吸引读者听众的注意力。但《杜十娘怒沉百宝箱》这篇作品情节很简单，场面不大，时间不长。主要情节只是从赎身到路上这一纵剖面上的几个场景。因此它虽然是以写人为主，但作者在作品的诗意抒情上大笔渲染，对读者的感情有强烈的震撼作用。

文学评论家在谈起杜十娘这部作品时，几乎都承认尽管作者没有着力描写过多的离奇情节，但读者看来却波澜起伏。情节不离奇、不热闹，但读起来并不感觉平淡，而是充满了曲折变化。这种阅读快感是如何获得的？不是来源于外部的人物关系的激烈冲突，而是靠主要人物杜十娘的感情起伏变化推动的，因此使读者也往往身不由己地与她共履感情历程。

作者先写杜十娘对李甲的深情，如火一样热烈。再写李对杜的负心，而激发出杜对

李的仇恨，这种感情变化，使读者感同身受，化为了读者的感情。最后，爱恨感情大起大伏，化为冲天一怒，将感情的发展推向了高潮，完成了人物的使命。只有爱得深，才能失望得深，才能恨得切，才能怒得猛。怒是杜十娘这个人物感情表达的最高潮，也是人物性格的终点，亦是作品的主题。读者的感情一直随着杜十娘的感情变化而波澜起伏，人物毁灭了，但是读者并没有止步，而是继续前行，心潮澎湃。

（2）细腻的性格刻画。

《杜十娘怒沉百宝箱》艺术成就极高，尤其是在人物性格刻画方面取得的成就，在白话短篇小说中堪称空前。

杜十娘美丽、热情、心地善良、轻财好义，面对无数王孙贵族的追求，毫不动心。而当她偶遇李甲，心向李甲时，爱的更是李甲的人，而不是李甲的钱。也正因此，当她见李甲"手头愈短"，才"心头愈热"，由此，她对李甲的真情可见一斑。杜十娘的第二个性格特点，是她聪敏、机智、颇有心机。杜十娘早有赎身之意，并为此偷偷存钱。当她找到了自认为可以依靠的人之后，她开始跟鸨母提出要赎身，并在与其争执的过程中机敏地抓住鸨母一时的气话，达成口头契约，使鸨母没有反悔余地。从此情节中，我们既能看出杜十娘的机敏，又可以看出她为争取幸福自由所付出的艰苦努力，最主要的是杜十娘的刚强和坚定。

除了杜十娘，李甲和孙富这两个人物形象也极其鲜明。孙富诱骗李甲，是全篇情节的转折点，是大起到大落间的楔子。我们可以看看这一事件的原因和情节与人物性格之间的关系。李甲和杜十娘登船后，一路南行。李甲起初仍沉浸在对杜十娘的爱情中，但越往后，越心事重重。杜十娘了解李甲的心事，便用柔情抚慰，唱歌解忧。正是歌声，引起了孙富的注意，这位"生性风流，惯向青楼买笑"的浮浪子弟设下了圈套。他与李甲的一番对话，在文质彬彬的之乎者也中，表现了两人的心灵都不干净。但是具体的表现形式又有所不同。孙富老奸巨猾，并不说杜十娘的事，"先说些斯文中套话，渐渐引入花柳之事。二人都是过来之人，志同道合"。这样，李甲就失去了警惕。然后，孙再引入正题，一方面用礼教恫吓；另一方面用金钱利诱；再一方面用成人之美来游说。李甲正是在不知不觉中了这个圈套。但是，李甲始终是温情主义者，所以又去找杜十娘商量是否可行。其间的人物性格与心理活动的刻画玲珑剔透，步步推进，环环相扣，从而顺理成章地完成了这一转折性的情节。

而其后的杜李决绝一段，是作品中最精彩的部分，也是杜十娘感情最高、最有光彩的一段，同时是杜十娘刚强性格的最好体现。本来，杜十娘听完李甲的叙说后，可有各种表现，如痛苦、责骂、发狂，但作者只写了"放开两手，冷笑一声"，来表现她的痛苦绝望。这是反常的表现，但这反常的表现却准确地揭示了人物性格。其实，自从与李甲出来后，杜十娘对李甲的懦弱早已了如指掌，而李甲一路上的细微

变化，她又观察入微，加之她风尘生活七年来，与无数公子王孙打过交道，对这类人的内心世界洞若观火。因此，在她上路前后，可以说已作了最坏的准备。她对李甲是有所警惕的，但是，她最不希望发生的事还是发生了。但因为早有思想准备，因此她可以强抑感情，显得异常镇静。而这时不能克制感情的反而是李甲，他哭了，哭得异常伤心。这是因为受到了良心的深深谴责，绝非是后悔。两人在此时都很绝情，但多情者显得无情，而无情者却很动情。

一个不长的短篇，有这么多的鲜明性格，可见作者在人物身上下的功夫是多么大。这些人物塑造的共同特点是细腻、准确、深入。作者很善于通过一系列细腻准确的细节，来揭示人物内心活动和性格特点。同时，也正是在对人物细腻深刻刻画的过程中，将情节一步步地推向了高潮。这种通过细腻描写来塑造人物的手法，标志着中国古代白话短篇小说在艺术上达到了新的高度。

（3）出色的构思和巧妙的布局。

在结构布局方面，这篇作品也是古代白话短篇小说的典范。故事情节不奇不巧，线索也很单纯，但非常吸引人。要达到这样的艺术效果，作者在以下几个方面下足了功夫：

①作者注意到了短篇小说的特点，以小见大，使生活片断集中化、典型化。在这部作品中，作者截取的生活片段很短，只有短短几天，并且还不是事无巨细，面面俱到。但是，按照生活的逻辑，作者将由恩爱到反目成仇事件翻天覆地的变化，写得却极其令人信服。这就是这篇作品在谋

篇布局上的高超之处，篇幅短小，但生活容量很大，而这一点的实现无疑得益于作者剪裁、提炼的功夫。

②情节构思处处从生活出发，引人入胜但并不离奇古怪。这篇作品情节简单，但作者叙述起来却跌宕有致、波澜曲折，读者读起来又不觉得古怪。这是因为，故事情节的发展是严格依照生活的逻辑来进行的。作者按照主题要求，严格地组织情节，以由爱到恨作为线索。以盟誓作为情节的发端，矛盾冲突开始。

矛盾的双方是杜十娘与李甲的爱情为一方，

而另一方则是李甲在社会压力下的背叛。情节发展过程中，前者一直处于上风，而后者则慢慢地壮大。以遇孙富为转折，后者终于占了上风。两方矛盾冲突在杜十娘怒沉百宝箱时，正面交锋，达到了高潮，爱情最终被葬送。这一整个过程开始时是平淡的、自然的，但越往后波澜起伏越大，整个情节的节奏也是由缓到急，由低到高。

③以人物性格为中心展开情节。小

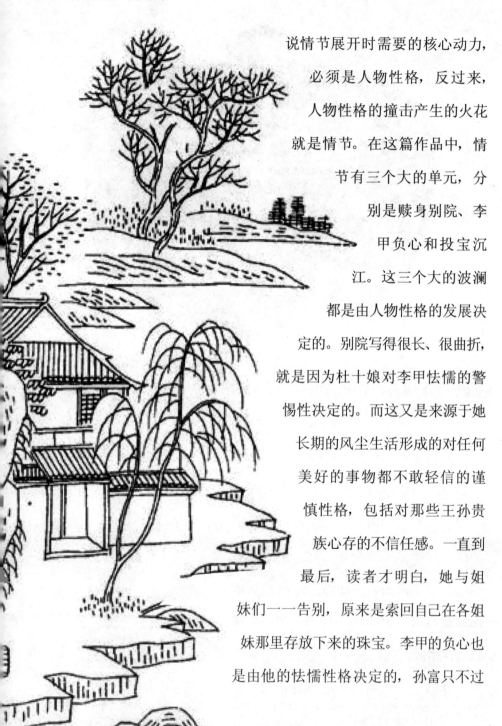

说情节展开时需要的核心动力，必须是人物性格，反过来，人物性格的撞击产生的火花就是情节。在这篇作品中，情节有三个大的单元，分别是赎身别院、李甲负心和投宝沉江。这三个大的波澜都是由人物性格的发展决定的。别院写得很长、很曲折，就是因为杜十娘对李甲怯懦的警惕性决定的。而这又是来源于她长期的风尘生活形成的对任何美好的事物都不敢轻信的谨慎性格，包括对那些王孙贵族心存的不信任感。一直到最后，读者才明白，她与姐妹们一一告别，原来是索回自己在各姐妹那里存放下来的珠宝。李甲的负心也是由他的怯懦性格决定的，孙富只不过是促使李甲负心战胜对爱情留恋的催化剂。最后杜十娘投宝自沉，是杜十娘性格发展的最高峰，是杜对生活、对社会的绝望和宁死不屈的性格决定的必然动作。而这些情节，就是这样由性格一步步地推动，在偶然中蕴含着必然的。

（三）杜十娘人物形象的悲剧性

悲剧是将美好的事物毁灭于一旦。以此来看，杜十娘这个人物形象是十足的悲剧人物。而《杜十娘怒沉百宝箱》这部作品，也充满了悲剧冲突。

1．社会的不公与杜十娘的悲剧处境构成悲剧冲突。

当 时 的 社 会，

特别是上层社会，将杜十娘置于一个非常特殊的位置。上层的达官贵人将杜十娘这类妓女当做不可或缺的玩物，使她成为必不可少的社会角色，为她的存在而不遗余力。但同时，他们又认为妓女是不洁之人，是贱民，因为她们失去了女子最珍贵的贞操，这就把她们推入了沉沦的境地，侮辱她，损害她。然而作为妓女的女子，当然与其他女子一样，都想有个终身依靠的丈夫，过上与常人一样的幸福安宁生活，这样一来，社会便与她们的愿望产生了矛盾。首先，社会不允许她们轻易从良，因为社会不能没有她们这种人。其次，与她们这种人的结合，会被主流社会认为是男人的耻辱，是对不起家庭和列祖列宗的。这样，杜十娘的愿望和行为要与社会的强大势力搏战，无异于以卵击石，社会不仅会毁灭她的愿望，而且会毁灭她的生命。

2．杜十娘明珠暗投的遭遇，具有强烈的悲剧性。

这一点，是这部作品不同于其他同类作品之处。从作品看，杜十娘并非是自甘堕落的轻薄女子，她的从良，也并非是为了改换社会地位和生活环境而不改变生活方式，即将在妓院中的纸醉金迷生活变个地方。她之所以看重李甲，不是出于地位、金钱和权势等的考虑。可以说，她与我们前边讲过的莘瑶琴一

样，最看重的都是对方的人品。但是与
莘瑶琴的不同之处在于，杜十娘并未刻
意追求衣冠子弟，但李甲却恰恰是个衣
冠子弟，其父是个布政使。如果说莘瑶
琴通过自己的苦难认识到了衣冠子弟与
老实忠厚、知情识趣不可兼得，因而选
择了后者，那么很不幸，杜十娘根本没
有获得这样比较的机会。一开始，她似
乎比莘瑶琴要幸运得多，因为命运为她
送来了一个既老实忠厚又知情识趣的衣
冠子弟。她对此不能说没有警惕。她根
据自己丰富的识人经验，考虑到了衣冠
子弟们的善变，因此尽管对李甲一见倾
心，但还是步步设防，小心翼翼。

书中埋下了一个伏笔，她在交够赎身钱同姐妹们告别时，一个姐妹给她一个"描金文具"（小箱子）。这个箱子，她对李甲一直保密。同时，她也发现了李甲的懦弱，因此一直用温情感化对方。但是，这些努力并不能够改变她自己的命运。她在从良这件事上，没有任何过失，抱着美好的愿望嫁人，只是想像正常的女子一样生活，甚至可以说她为自己选择的嫁人之路远不如一般女子，因为李甲已有妻

室，她嫁人，只能是做妾，但她也很满足。但即便如此，目的也没有达到，而且为此丢了性命。这样，她的悲剧命运的严峻性就凸显出来了。

3. 冲突的悲壮性。

杜十娘的种种努力失败了，但她并没有向命运屈服，她没有向李甲乞求那已失去的爱，没有贪图孙富的富贵，也没有拿出百宝箱作为自己最后的武器，而是在满腔正气地对整个社会做了控诉之后，毅然投江自尽。此举显示出了杜

十娘对社会的清醒认识，更使读者看到
了当时社会的真实与丑恶。这一结局增
加了壮烈美和悲剧美，从而使作品具有
了震撼人心的艺术力量。

　　在杜十娘与社会、与命运的抗争中，
她失败了，遭到了灭顶之灾，是被毁灭
者。但是她又是道义上的胜利者。她的死，
将悲剧冲突推向了高潮，使悲剧冲突具
有了十分严肃的性质。在中国古典小说中，
这种结局是极为罕见的，没有落入俗套，
也正因此，才使作品更为感人至深。

六 "三言二拍"
与拟话本

从文体上看，最初的话本是宋元说话艺人的底本，主要是供说话人表演时做提示情节使用，是艺人表演时使用的提纲、草稿；以后，话本经人整理而成完整文案，可供人阅读，这就是话本小说，如宋时的《碾玉观音》与《错斩崔宁》。拟话本则是仿拟话本小说创作而成的短篇小说，"拟话本"这一称谓是鲁迅先生在《中国小说史略》中提出的。

话本小说的整理与拟话本小说的创

作的直接诱因是印刷出版可以获取商业利润。从明代后期的天启、崇祯年间开始，人们对小说的阅读兴趣不断增强。市民队伍的扩大、读者需求量的增加，再加上造纸印刷技术、专门出版印刷商的发展，都刺激了话本小说和拟话本小说的发展。但拟话本究竟始于何时，或者说从何时开始人们把它从与之混在一起的话本小说中区分开来，是无从考证的。

但文献资料显示，明初至嘉靖之前，我国白话短篇小说的创作一直处于低谷时期。明中叶之后，白话小说空前繁荣，一方面一些文人对宋元话本加以整理润饰；另一方面又有意识地模拟宋元话本的形式进行创作，这就是拟话本。从话本到拟话本，是由供讲唱的口头文学的记录发展到供人阅读的案头文学的创作。对白话小说的汇集、刊印，最早有嘉靖年间洪楩编撰的《清平山堂话本》，共六十种，故又称《六十家小说》。万历年间，一个叫熊龙峰的人分册刊印过话本小说，今存四种，即《熊龙峰刊四种小说》，这些短篇小说集较多地保留着作品的原貌，为收集整理、改编白话小说开辟了道路。在白话小说的整理、创作方面功绩最显著的是冯梦龙。天启年间，他先后出版了《喻世明言》（原名《古今小说》）《警世通言》《醒世恒言》，三部小说集共收入一百二十篇小说，总称"三言"，其中既有宋元话本，也有明人拟话本，还有他自己的创作，是宋、元、明三代最重要的一部白话短篇小说的总集，代表了中国古代白话短篇小说的最高成就，同时也进一步推动了白话小说的发展。继"三言"之后，崇祯年间有凌濛

初编著的《初刻拍案惊奇》《二刻拍案惊奇》，实收小说七十八篇，人称"二拍"，它是我国最早的个人创作的白话短篇小说集，开创了文人拟话本专集的先例。"三言二拍"问世后，出现了文人创作编辑拟话本的热潮，短篇白话小说集有陆人龙的《型世言》、席浪仙的《石点头》、周清源的《西湖二集》等等，中篇白话小说集有华阳散人的《鸳鸯针》、古吴金木散人的《鼓掌绝尘》等，劝诫意味更为浓厚，艺术水准亦呈下降趋势。

从体制上看，拟话本与话本的区别不大，主要包括以下几个部分：（1）题目。是故事的主要标志，宋代以后增加到七八个字甚至更多。（2）篇首。通常用一首诗或词作为开头，可以点明主题，概括全篇大意也可以陪衬故事内容。（3）入话。是篇首词之后加上一番解释，然后引到正文。（4）头回。在入话之后再插入一段故事，又称"得胜头回"或"笑耍头回"。（5）正话（正文、正传）。是话本小说故事的主体。在体制方面有两个特点，一是正话的文字明显分为散文和韵文两部分，二是表演时的分回。（6）篇尾。话本一般都有一个煞尾，与本事的结局不同。话本的煞尾是附加的，具有相对独立性。